Arthur Conan Doyle

L'Aventure de Shoscombe Old Place

© 2023 Culturea Editions

Texte et illustration de couverture : © domaine public
Edition : Culturea (Hérault, 34)
Contact : infos@culturea.fr
Retrouvez notre catalogue sur http://culturea.fr
Imprimé en Allemagne par Books on Demand
Design typographique : Derek Murphy
Layout : Reedsy (https://reedsy.com/)

Dépôt légal : janvier 2023
Tous droits réservés pour tous pays

ISBN : 9791041927722

Table des matières

L'aventure de Shoscombe Old Place

Pendant un long moment, Sherlock Holmes demeura penché au-dessus d'un microscope à faible grossissement. Puis il se redressa et me décocha un regard de triomphe.

– C'est de la colle, Watson ! Incontestablement de la colle. Jetez un coup d'œil sur ces objets éparpillés dans le champ !

J'approchai mon visage de l'oculaire et le réglai sur ma vue.

– Ces poils sont des fils d'un veston de tweed. Les masses grises irrégulières sont de la poussière. Il y a des écailles épithéliales sur la gauche. Ces taches brunes au centre sont indubitablement de la colle.

– Je veux bien, dis-je en riant. Je suis disposé à vous croire sur parole. Quelque chose en dépend-il ?

– C'est une très belle démonstration ! me répondit-il. Dans l'affaire de Saint Pancras, vous vous rappelez sans doute qu'une casquette a été trouvée à côté du cadavre du policeman. L'accusé a nié qu'elle lui appartenait. Or il est encadreur et il manipule régulièrement de la colle.

– C'est l'une de vos affaires ?

– Non. Mon ami Merivale, de Scotland Yard, m'avait demandé conseil. Depuis que j'ai coincé mon faux-monnayeur par la limaille de zinc et de cuivre qui se trouvait dans la couture de sa manchette, on commence à mesurer l'importance du microscope...

Il regarda sa montre avec impatience.

– ... Un nouveau client devait venir, mais il est en retard. À propos, Watson, êtes-vous compétent en courses de chevaux ?

– Je devrais l'être. La moitié de ma pension d'invalidité y est passée.

– Alors vous serez mon « guide pratique du turf ». Qui est sir Robert Norberton ? Le nom vous dit-il quelque chose ?

– Oui. Il habite à Shoscombe Old Place, que je connais bien car j'y ai pris mes quartiers d'été. Une fois, Norberton a failli mériter votre attention.

– Comment cela ?

– Le jour où il a infligé une terrible correction à coups de cravache à Sam Brewer, le fameux usurier de Curzon Street. Il l'a presque tué.

– Tiens, il paraît intéressant ! Se laisse-t-il aller souvent à la violence ?

– Il a en tout cas la réputation d'un homme dangereux. C'est le cavalier le plus casse-cou de toute l'Angleterre : deuxième au Grand-National il y a quelques années. Il a raté son époque : il aurait fait un parfait dandy au temps de la Régence ! C'est un boxeur, un athlète, un joueur effréné, un don Juan ; d'après les on-dit, il se trouverait dans une situation financière si embarrassée qu'il pourrait ne jamais remonter la pente.

– Excellent, Watson ! Un croquis parfait ! Il me semble que je le connais déjà. Maintenant pouvez-vous me donner une idée de Shoscombe Old Place ?

– Uniquement ceci : Shoscombe Old Place est situé au centre de Shoscombe Park ; et la célèbre écurie et le centre d'entraînement de Shoscombe se trouvent dans la propriété.

– Et le chef entraîneur, ajouta Holmes, s'appelle John Mason. Ne soyez pas surpris de ma science, Watson : c'est une lettre de lui que je manie en ce moment. Mais donnez-moi davantage de détails sur Shoscombe. J'ai l'impression que j'ai mis au jour un filon.

– Il y a les épagneuls de Shoscombe, dis-je. Vous en entendez parler à chaque exposition canine. La race la plus pure d'Angleterre. Ils sont l'orgueil de la châtelaine de Shoscombe Old Place.

– La femme de sir Robert Norberton, je suppose ?

– Sir Robert ne s'est jamais marié. C'est aussi bien, si je songe aux perspectives. Il vit chez sa sœur, une veuve lady Béatrice Falder.

– Vous voulez dire que c'est elle qui vit chez lui ?

– Non. Le propriétaire était son défunt mari, Sir James Norberton n'a aucun titre à faire valoir sur le domaine. C'est seulement un usufruit, et le domaine fera retour au frère de Sir James. En attendant, elle collecte les fermages chaque année.

– Et son frère Robert, sans doute, dilapide l'argent desdits fermages ?

– À peu près. C'est un diable d'homme qui ne doit pas procurer à sa sœur une existence paisible. Je crois pourtant qu'elle lui est attachée. Mais qu'est-ce qui ne va pas à Shoscombe ?

– Ah ! voilà justement ce que j'ai besoin de savoir ! Mais j'entends le pas, j'espère, de celui qui nous le dira.

La porte s'ouvrit et le groom introduisit un homme de grande taille, rasé, qui affichait sur sa physionomie cette expression de fermeté et d'austérité que l'on ne trouve que chez les éducateurs d'enfants ou de chevaux. M. John Mason gouvernait un bon nombre d'enfants et de chevaux et il me parut égal à sa tâche. Il s'inclina avec une froide dignité avant de s'asseoir sur la chaise que Holmes lui avait avancée.

– Vous avez reçu mon mot, monsieur Holmes ?

– Oui, mais il ne m'a rien expliqué.

– Il s'agissait d'une chose trop délicate pour être confiée à du papier. Trop compliquée aussi. Je ne pouvais vous l'exposer que face à face.

– Hé bien ! nous sommes à votre disposition.

– Premièrement, monsieur Holmes, je crois que mon maître, Sir Robert, est devenu fou.

Holmes haussa le sourcil.

– Nous sommes à Baker Street et non dans Harley Street, fit-il. Mais pourquoi croyez-vous qu'il est devenu fou ?

– Ma foi, monsieur, quand quelqu'un fait quelque chose de bizarre une fois, deux fois, cela peut s'expliquer ; mais quand il ne fait que des choses bizarres, alors vous commencez à vous étonner. Je crois que Shoscombe Prince et le Derby lui ont fait perdre la tête.

– Il s'agit d'un poulain que vous entraînez ?

– Le meilleur espoir anglais, monsieur Holmes ! Et je prétends m'y connaître. Je serai franc avec vous, messieurs, car je sais que vous êtes deux hommes d'honneur et que mes propos ne sortiront point de cette pièce. Sir Robert veut absolument gagner le Derby. Il est pris à la gorge : c'est sa dernière chance. Tout l'argent qu'il peut se procurer ou emprunter, il le met sur le cheval, et à une belle cote ! Aujourd'hui vous pouvez l'avoir encore dans les quarante contre un, mais quand il a commencé à parier, c'était du cent contre un.

– Comment cela, puisque le cheval est si bon ?

– Le public ne sait pas que le cheval est bon. Sir Robert a été plus malin que les espions. Il promène le demi-frère de Prince ; c'est celui-là qu'il montre. Vous ne pourriez pas les distinguer l'un de l'autre. Mais entre eux il y a une différence de deux longueurs par deux cents mètres de galop. Il ne pense plus à rien qu'au cheval et à la course. Il joue toute sa vie dessus. Jusqu'ici il a maintenu les juifs à distance. Mais si Prince est battu, il est fini.

– C'est un jeu désespéré ; pourtant où intervient la folie ?

– Ah ! d'abord, il faudrait que vous le voyiez ! Je crois qu'il ne dort pas de la nuit. Il descend à toute heure aux écuries. Il a des yeux de sauvage. Ses nerfs ne tiennent pas le coup. Et puis il y a sa conduite à l'égard de lady Béatrice.

– Ah ? Quelle sorte de conduite ?

– Ils ont toujours été les meilleurs amis du monde. Ils avaient les mêmes goûts, et elle aimait les chevaux autant que lui. Tous les jours à la même heure elle descendait en calèche pour les voir ; elle avait surtout un faible pour Prince. Le poulain dressait l'oreille quand il entendait les roues sur le gravier, et chaque matin il trottait jusqu'à la voiture pour avoir son morceau de sucre. Mais tout cela est terminé, maintenant.

– Pourquoi ?

– Hé bien ! elle semble avoir perdu tout intérêt pour les chevaux. Voilà bien une semaine qu'elle passe près des écuries sans jamais plus qu'un bonjour.

– Ils se seraient disputés ?

– Si oui, une dispute terrible, féroce, avec beaucoup de rancœur à la clé. Autrement pourquoi se serait-il débarrassé de l'épagneul qu'elle aimait comme s'il avait été son enfant ? Il y a quelques jours, il l'a donné au vieux Barnes, qui tient l'Auberge du Dragon-Vert, à cinq kilomètres de Shoscombe, à Crendall !

– Voilà qui semble bizarre, assurément !

– Étant donné qu'elle a le cœur malade et qu'elle est hydropique, il était bien normal qu'elle ne se promenât point avec lui, mais chaque soir il passait deux heures dans sa chambre. Il pouvait être gentil, car elle a été pour lui un véritable chic copain ! Fini, tout cela. Il ne va plus jamais la voir. Et elle en a gros sur le cœur. Elle est maussade, elle boude, et elle boit. Elle boit, monsieur Holmes... comme un poisson !

– Buvait-elle avant cette brouille ?

– Oh ! elle prenait volontiers un verre ! Mais à présent c'est une bouteille par soirée qu'il lui faut. C'est ce que Stephens, le maître d'hôtel, m'a affirmé. Tout est changé, monsieur Holmes, et il y a quelque chose de sacrement pourri à la base de ce changement. Et puis, tenez, voulez-vous me dire pourquoi le maître descend chaque soir dans la vieille crypte de l'église ? Et quel est l'homme qu'il y rencontre ?

Holmes se frotta les mains.

– Poursuivez, monsieur Mason. Vous me passionnez de plus en plus.

– C'est le maître d'hôtel qui l'a vu s'y rendre. À minuit et sous une pluie battante. Le lendemain, je ne me suis pas couché : bien sûr, le maître est reparti là-bas. Stephens et moi, nous l'avons suivi, mais c'était risqué car, s'il nous avait vus, ça aurait bardé ! Il a des poings terribles quand il s'emballe, et il n'épargne personne. Alors nous avions peur de le serrer de trop près, mais nous l'avons quand même pisté. C'était à la crypte hantée qu'il se rendait ; et un homme l'attendait là.

– Une crypte hantée ?

– Oui, monsieur. Une vieille chapelle désaffectée dans le parc. Si ancienne que personne ne peut en dire la date. Dessous, il y a une crypte qui a mauvaise réputation dans le pays. De jour, l'endroit est obscur, humide, isolé ; mais on trouverait peu de volontaires pour y aller la nuit ! Oh ! le maître ne craint rien, lui ! Il n'a jamais eu peur, de toute sa vie. Mais qu'y fait-il à cette heure de la nuit ?

– Attention ! fit Holmes. Vous dites qu'il y avait un autre homme. Certainement l'un de vos valets d'écurie ou quelqu'un de la maison ! Vous n'avez qu'à l'identifier et l'interroger.

– Je ne le connais pas.

– Comment le savez-vous ?

– Parce que je l'ai vu, monsieur Holmes. C'était la deuxième nuit. Sir Robert a fait demi-tour et a passé près du buisson où Stephens et moi nous frissonnions comme deux Jeannot-lapins car il y avait un peu de lune. Nous avons entendu l'autre qui marchait derrière. Quand Sir Robert a pris du champ, nous sommes sortis de notre buisson comme si nous avions eu envie de faire un tour au clair de lune, et nous sommes tombés droit sur lui, fortuitement, vous comprenez ? Je l'ai interpellé :

» – Hé là ! Qui êtes-vous donc ? lui ai-je demandé.

» Je crois qu'il ne nous avait pas entendus ; il nous regardait par-dessus son épaule avec une figure comme s'il avait vu le diable sortant de l'enfer. Il a poussé un petit cri, et il a détalé aussi vite qu'il le pouvait dans l'obscurité. À la course il est imbattable ! Ça, je le lui accorde. Une minute plus tard il avait disparu. Qui il était, ce qu'il voulait, nous n'en savons rien.

– Mais vous l'avez bien vu au clair de lune ?

– Oui. Je pourrais jurer qu'il est jaune comme un coing avec une tête de chien maigre si j'ose dire. Que peut-il avoir de commun avec Sir Robert ?

Holmes demeura méditatif.

– Qui tient compagnie à lady Béatrice ? demanda-t-il enfin.

– Sa femme de chambre, Carrie Evans. Elle est depuis cinq ans à son service.

– Et elle lui est dévouée ?

M. Mason parut embarrassé et mal à l'aise.

– Elle est assez dévouée, fit-il. Mais je ne préciserai pas à qui.

– Ah !

– Je ne veux pas raconter les cancans du pays.

– Je comprends tout à fait, monsieur Mason. La situation est claire. D'après le portrait que le docteur Watson m'avait brossé de Sir Robert, j'avais déduit qu'aucune femme n'était en sécurité auprès de lui. Ne pensez-vous pas que la brouille entre le frère et la sœur trouverait là son explication ?

– Il y a longtemps que le scandale est public !

– Peut-être l'ignorait-elle. Supposons qu'elle l'ait subitement découvert. Elle cherche à se débarrasser de la fille. Son frère ne le lui permet pas. Infirme, elle ne dispose d'aucun moyen pour exiger l'exécution de sa volonté. La femme de chambre détestée demeure à son service. Lady Beatrice refuse de parler, boude, boit. Dans sa mauvaise humeur, Sir Robert lui retire son épagneul favori. Est-ce que tout cela n'est pas cohérent ?

– Oui, sans doute... Jusque-là.

– Voilà ! Jusque-là. Mais comment expliquer alors les visites nocturnes à la crypte ? Nous ne pouvons pas les faire cadrer dans ce schéma.

– Non, monsieur. Et il y a encore autre chose qui ne cadre pas. Pourquoi Sir Robert veut-il déterrer un cadavre ?

Holmes se dressa comme mû par un ressort.

– Nous ne nous en sommes aperçus qu'hier, après que je vous ai écrit. Hier, Sir Robert devait se rendre à Londres ; aussi Stephens et moi sommes-nous allés à la crypte. Nous y sommes descendus. Tout était normal, monsieur, sauf que dans un coin il y avait un débris de corps humain.

– Vous avez alerté la police, je suppose ?

Notre visiteur sourit.

– Ma foi, monsieur, je pense que notre découverte n'aurait guère intéressé les policiers. Il s'agissait de la tête et de quelques ossements d'une momie qui pouvait être vieille de mille ans..Mais ces débris n'étaient pas là auparavant. Cela je le jure, et Stephens aussi ! Ils étaient rangés dans un angle et recouverts d'une planche ; auparavant cet angle avait toujours été dégarni.

– Qu'en avez-vous fait ?

– Nous les avons laissés là.

– Vous avez bien fait. Vous m'avez dit que Sir Robert était absent hier. Est-il rentré ?

– Nous attendons son retour pour aujourd'hui.

– Quand Sir Robert s'est-il dessaisi du chien de sa sœur ?

– Cela fait juste une semaine aujourd'hui. L'épagneul aboyait, hurlait même près du vieux kiosque. Sir Robert était ce matin-là dans l'une de ses crises de mauvaise humeur. Il l'attrapa et je crus qu'il allait le tuer. Mais il le donna à Sandy Bain le jockey, en lui disant d'aller le porter au vieux Barnes du Dragon-Vert parce qu'il ne voulait plus jamais le revoir.

Holmes alluma la plus vieille et la plus culottée de ses pipes.

– Je ne me rends pas très bien compte de ce que vous désirez que je fasse dans cette affaire, monsieur Mason. Ne pouvez-vous pas me le préciser un tant soit peu ?

– Voici qui vous le précisera peut-être, répondit le visiteur.

Il tira de sa poche un journal qu'il déplia soigneusement et il tendit à Holmes un fragment d'os carbonisé. Mon ami l'examina avec intérêt.

– Où l'avez-vous trouvé ?

– Dans la cave, sous la chambre de lady Beatrice, il y a la chaudière du chauffage central. Depuis quelque temps on l'avait éteinte, mais Sir Robert s'est plaint du froid et on l'a rallumée. C'est Harvey, l'un de mes garçons, qui s'en occupe. Ce matin il est venu m'apporter cet os : il l'avait trouvé en ratissant les cendres. Ça ne lui avait pas plu.

– À moi non plus, dit Holmes. Qu'en pensez-vous, Watson ?

Il était calciné, réduit à une forme de cendre noire ; mais sa signification anatomique était hors de doute.

– C'est le condyle supérieur d'un fémur humain, affirmai-je.

– Exactement !

Holmes était devenu très grave.

– Quand ce garçon s'occupe-t-il de la chaudière ?

– Il la remplit chaque soir ; c'est tout.

– Par conséquent n'importe qui peut s'y rendre pendant la nuit ?

– Oui, monsieur.

– Peut-on y entrer par l'extérieur ?

– Il y a une porte à l'extérieur. Une autre porte ouvre sur un escalier qui aboutit au couloir où se trouve la chambre de lady Beatrice.

– Nous sommes dans des eaux profondes, monsieur Mason. Profondes et sales. Vous dites que Sir Robert n'était pas chez lui la nuit dernière ?

– Il n'y était pas, monsieur.

– Donc ce n'est sûrement pas lui qui a brûlé des os !

– C'est vrai, monsieur.

– Comment s'appelle l'auberge dont vous nous avez parlé ?

– Le Dragon-Vert.

– Est-ce que la pêche est fructueuse dans cette région du Berkshire ?

Le brave entraîneur nous fit comprendre par le jeu de sa physionomie qu'il était convaincu qu'un nouveau maboul venait d'entrer dans son existence pénible.

– Ma foi, monsieur, j'ai entendu dire qu'il y a de la truite dans la rivière du moulin et du brochet dans le lac du château.

– Cela nous suffira. Watson et moi, nous sommes de fameux pêcheurs... N'est-ce pas, Watson ? Vous pourrez nous joindre au Dragon-Vert. Nous y arriverons ce soir. Inutile de vous préciser, monsieur Mason, que nous ne voulons pas vous voir, mais vous pourrez toujours nous faire porter un mot, et si j'ai besoin de vous je saurai bien vous trouver. Quand nous aurons un peu approfondi l'affaire, je vous ferai part d'une opinion motivée.

Voilà pourquoi, par un soir lumineux de mai, Holmes et moi nous nous trouvâmes installés dans un compartiment de première classe et munis d'un billet pour l'arrêt facultatif de Shoscombe. Le filet à bagages au-dessus de nos têtes était rempli d'un formidable assortiment de cannes, de moulinets et de paniers. Parvenus à destination, nous louâmes une voiture qui nous déposa rapidement devant une auberge à l'ancien style dont le sportif propriétaire Josiah Barnes entra avidement dans nos vues pour la mise à mort de tous les poissons des environs.

– Que pensez-vous du lac du château et des brochets qui sont dedans ? interrogea Holmes.

Le visage de l'aubergiste s'assombrit.

– N'y comptez pas, monsieur. Vous pourriez vous retrouver dans le lac avant d'en avoir attrapé un.

– Et pourquoi ?

– À cause de Sir Robert, monsieur. Il a la haine des espions. Si vous, deux étrangers au pays, vous approchiez des écuries, il s'occuperait de vous : aussi sûr que le destin ! Il n'aime pas courir de risques inutiles, Sir Robert ! Oh ! non !

– On m'a dit qu'il avait un cheval engagé dans le Derby.

– Oui, et aussi un bon poulain. Nous avons misé sur lui tout notre argent, comme Sir Robert. À propos...

Il nous dévisagea en réfléchissant.

– ... Je suppose que vous n'êtes pas vous-mêmes des gens du turf ?

– Non, vraiment ! Nous ne sommes que deux Londoniens fatigués qui avons terriblement besoin d'un peu d'air pur du Berkshire.

– Alors vous avez trouvé le bon endroit. Mais attention à ce que je vous ai dit sur Sir Robert ! Il est de ce genre d'hommes qui cognent d'abord et qui s'expliquent après. Ne vous approchez pas du parc.

– Bien sûr, monsieur Barnes ! Dites, à qui était ce bien bel épagneul qui geignait dans l'entrée tout à l'heure ?

– Vous pouvez le dire, qu'il est beau, mon chien ! De la pure race de Shoscombe. Il n'y en a pas un de plus beau en Angleterre.

– Je suis comme vous : j'aime beaucoup les chiens, dit Holmes. Si je ne suis pas indiscret, combien peut valoir une bête pareille ?

– Plus que je ne pourrais la payer, monsieur. C'est Sir Robert en personne qui m'en a fait cadeau. Voilà pourquoi je le tiens en laisse. Si je ne l'attachais pas, il serait de retour au Hall en cinq sec !

Quand l'aubergiste nous eut quittés, Holmes me dit :

– Nous avons quelques cartes dans notre main, Watson. Le coup n'est pas facile à jouer, mais dans un ou deux jours nous aurons peut-être découvert l'astuce idoine. Je crois que Sir Robert est encore à Londres ? Nous pourrions peut-être pénétrer ce soir dans ce domaine sacré sans risquer la bagarre. Il y a quelques détails dont j'aimerais avoir personnellement confirmation.

– Vous avez une théorie, Holmes ?

– Celle-ci seulement, Watson : quelque chose s'est produit il y a huit jours environ, qui a transformé la vie de Shoscombe Old Place. Qu'est ce quelque chose ? Nous ne pouvons l'imaginer que par ses conséquences, qui me semblent bizarrement mêlées. Mais ce mélange même devrait nous aider : c'est uniquement le dossier terne, incolore, vide qui est désespérant... Reconsidérons nos éléments. Le frère ne rend plus visite à sa bien-aimée sœur infirme. Il se débarrasse de son chien favori. Le chien de sa sœur, Watson ! Ce détail ne vous suggère rien ?

– Rien d'autre que la rancune du frère.

– Peut-être. Ou bien... Oui, je vois une autre hypothèse. Reprenons notre examen de la situation depuis le moment où a commencé cette dispute, si dispute il y a. Lady Beatrice garde la chambre, modifie ses habitudes, est invisible sauf lorsqu'elle sort en voiture avec sa femme de chambre, refuse de s'arrêter aux écuries pour caresser son cheval préféré et apparemment se met à boire. Le dossier est complet, je crois ?

– Il manque l'affaire de la crypte.

– Là, c'est un autre raisonnement. Il y a deux raisonnements, et je vous serais reconnaissant de ne pas les confondre. Le raisonnement A, celui qui concerne lady Beatrice, fleure plutôt sinistrement, vous ne trouvez pas ?

– Je ne sais quoi penser.

– Alors, prenons maintenant le raisonnement B, celui qui concerne Sir Robert. Il est enragé pour gagner le Derby. Il est aux mains des juifs ; à tout moment le domaine peut être vendu, et ses écuries saisies par ses créanciers. C'est un audacieux, prêt à tout. Il tire ses revenus de sa sœur. La femme de chambre de cette sœur est son instrument docile. Jusqu'ici nous sommes sur un terrain solide, non ?

– Mais la crypte ?

– Ah ! oui, la crypte ! Supposons, Watson... C'est une supposition scandaleuse, une hypothèse que j'avance pour le plaisir d'argumenter... Supposons que Sir Robert ait fait disparaître sa sœur...

– Mon cher Holmes, c'est hors de question !

– Vraisemblablement, Watson. Sir Robert appartient à une famille honorable. Mais chez les aigles vous trouvez parfois un charognard. Admettons un moment que cette hypothèse soit exacte. Il ne peut pas quitter le pays avant d'avoir refait fortune, et il ne peut refaire cette fortune qu'en gagnant le Derby avec Prince. Donc il lui faut encore tenir bon sans bouger. Pour cela, il doit se défaire du corps de sa victime et lui trouver une remplaçante qui se fasse passer pour elle. Avec la femme de chambre dans le secret, ce n'est pas impossible. Le corps de lady Béatrice peut être porté dans la crypte, endroit peu fréquenté, et clandestinement brûlé la nuit dans la chaudière en laissant des vestiges dans le genre de celui que nous avons vu. Que dites-vous de cela, Watson ?

– À partir du moment où vous prenez au sérieux une hypothèse aussi monstrueuse, tout est possible !

– Je pense à une petite expérience que nous pourrions tenter demain, Watson. En attendant, nous avons à nous conformer à nos personnages ; je vous propose donc d'offrir à notre hôte un verre de son vin, et de lui tenir des propos élevés sur les anguilles et les vandoises, conversation qui lui ira droit au cœur. On ne sait jamais : en bavardant, nous apprendrons peut-être quelque chose d'utile.

Le matin, Holmes s'aperçut que nous étions partis sans nos hameçons spéciaux pour brochetons, ce qui nous dispensa de pêcher pour la journée. Vers onze heures, nous sortîmes pour faire un tour, et il obtint l'autorisation d'emmener l'épagneul noir.

– Voici l'endroit, me dit-il quand nous arrivâmes devant une double grille surmontée de griffons héraldiques. Vers midi, m'a dit M. Barnes, la vieille dame se promène en voiture, laquelle ralentit pour l'ouverture de la grille. Quand elle arrivera, et avant qu'elle reprenne de la vitesse, je vous demande, Watson, d'arrêter le cocher en lui posant la première question venue. Ne vous occupez pas de moi. Je me posterai derrière ce buisson de houx, et je verrai ce que je pourrai voir.

Nous n'eûmes pas longtemps à attendre. Un quart d'heure plus tard, nous aperçûmes la grosse calèche jaune décapotée qui descendait l'avenue, attelée de deux magnifiques chevaux gris. Holmes s'accroupit derrière son houx avec le chien. Je demeurai négligemment sur la route. Un concierge sortit en courant pour ouvrir la porte.

La voiture avait ralenti, les chevaux marchaient au pas, j'eus donc le temps de bien regarder les occupantes. Une jeune femme plantureuse, qui avait des cheveux filasse et des yeux impudents, était assise sur la gauche. A sa droite se tenait une vieille personne voûtée et emmitouflée de châles qui lui couvraient le visage et les épaules ; c'était certainement l'infirme. Quand les chevaux atteignirent la grand-route, je levai un bras avec autorité ; le cocher s'arrêta ; je lui demandai si Sir Robert était à Shoscombe Old Place.

Au même instant, Holmes sortit de sa cachette et lâcha l'épagneul, qui, avec un jappement joyeux, s'élança vers la voiture et grimpa sur le marchepied. En moins d'une seconde, sa joyeuse frénésie se transforma en une colère furieuse et il chercha à mordre la robe noire.

– En route ! En route ! ordonna une voix dure.

Le cocher fouetta ses chevaux ; nous demeurâmes seuls sur la route.

— Hé bien ! Watson, ça a marché ! s'écria Holmes en rattachant le chien. Il a cru que c'était sa maîtresse ; il a découvert que c'était quelqu'un d'autre. Les chiens ne se trompent pas.

— Mais c'était la voix d'un homme ! m'exclamai-je.

— En effet ! Nous avons un atout de plus dans notre main, Watson, mais il nous faut jouer serré malgré tout.

Mon compagnon ne sembla pas avoir d'autres plans pour la journée ; aussi emportâmes-nous notre attirail de pêche près de la rivière du moulin ; et le soir nous eûmes un plat de truites pour le dîner. Ce n'est qu'après le repas que Holmes manifesta l'intention de prendre un peu d'exercice. Nous partîmes sur la route que nous avions suivie le matin, et nous arrivâmes à la grille du parc. Une haute silhouette sombre nous attendait : je reconnus notre nouveau client, M. John Mason, l'entraîneur.

— Bonsoir, messieurs ! nous dit-il. J'ai reçu votre billet, monsieur Holmes. Sir Robert n'est pas encore rentré, mais nous l'attendons pour ce soir.

— A quelle distance du château se trouve la crypte ? demanda Holmes.

— Quatre cents mètres au moins.

— Alors je pense que nous n'avons pas à nous préoccuper de lui ? Allons-y ensemble.

— Je ne peux pas me permettre d'y rester avec vous, monsieur Holmes. Dès qu'il arrivera, il voudra me voir pour avoir des nouvelles de Prince.

– Je comprends ! Dans ce cas nous opérerons sans vous, monsieur Mason. Montrez-nous la crypte, et laissez-nous ensuite.

Il faisait noir comme de l'encre. Pas de lune. Mason nous conduisit à travers les prairies jusqu'à ce qu'apparût en face de nous une masse confuse : c'était l'ancienne chapelle. Nous pénétrâmes par un trou béant qui avait été autrefois le porche, et notre guide, trébuchant sur des pierres, nous précéda jusqu'à un angle de l'édifice : là, un escalier raide descendait dans la crypte. Il frotta une allumette, et l'endroit s'éclaira de mélancolie : les murs croulants étaient faits de pierres grossièrement équarries ; des cercueils en plomb et en pierre étaient rangés sur un côté, empilés jusqu'à la voûte à arêtes du toit qui se perdait dans l'ombre au-dessus de nos têtes. Holmes avait allumé sa lanterne ; elle projeta un rayon jaune sur ce spectacle de désolation. Le rayon se réfléchissait sur les plaques des cercueils, la plupart d'entre elles ornées du griffon et de la couronne de cette vieille famille qui arborait ses titres jusqu'aux portes de la mort.

– Vous nous avez parlé d'ossements, monsieur Mason. Pourriez-vous me les montrer avant que vous partiez ?

– Ils sont ici dans ce coin...

L'entraîneur avança, puis demeura pétrifié quand notre lanterne éclaira l'endroit indiqué.

– ... Ils n'y sont plus ! fit-il.

– Je m'y attendais, dit Holmes dans un petit rire. J'imagine qu'on pourrait retrouver leurs cendres dans la chaudière qui en a déjà consumé une partie.

– Mais pourquoi diable quelqu'un s'amuse-t-il à brûler les os d'un cadavre de mille ans ? demanda John Mason.

– Voilà pourquoi nous sommes ici, répondit Holmes. Pour répondre à cette question. Comme nos recherches peuvent être longues, nous ne vous retiendrons pas. Je crois néanmoins que nous aurons trouvé la solution avant le matin.

Une fois John Mason parti, Holmes se mit au travail.

D'abord il examina très attentivement les tombeaux les uns après les autres, en commençant par un très ancien cercueil, saxon sans doute, et en remontant par une longue lignée normande de Hugo et d'Odo, jusqu'à ce que nous arrivions à ceux, très XVIIIe siècle, de Sir William et de sir Denis Falder. Au bout d'une heure, Holmes parvint à un cercueil en plomb qui se trouvait devant l'entrée de la voûte. J'entendis son petit cri de satisfaction et je vis à ses gestes hâtifs mais précis qu'il était arrivé au but. Avec sa loupe, il examina soigneusement les bords du lourd couvercle. Puis il tira de sa poche une sorte de petite pince-monseigneur qu'il glissa dans un interstice, et il entreprit de soulever tout le devant, qui semblait n'être attaché que par deux crampons. Le couvercle céda dans un bruit d'arrachement, de déchirure ; mais à peine s'était-il relevé en révélant une partie de l'intérieur du cercueil qu'une interruption imprévue se produisit.

Quelqu'un marchait dans la chapelle au-dessus. Le pas était rapide, ferme : le pas de quelqu'un qui venait dans un but déterminé et qui connaissait bien les aîtres. Un filet de lumière descendit l'escalier, précéda la forte stature d'un homme qui se tint debout dans l'arcade d'entrée. Il était imposant par la taille, farouche dans son attitude. La grosse lanterne d'écurie qu'il tenait devant lui éclaira un visage dur, moustachu, des yeux méchants qui inspectèrent tous les recoins de la crypte avant de se poser sur nous avec stupéfaction.

– Qui diable êtes-vous ? tonna-t-il. Et que faites-vous chez moi ?...

Comme Holmes gardait le silence, il avança de deux marches et brandit la lourde canne qu'il portait.

– ... M'entendez-vous ? cria-t-il. Qui êtes-vous ? Que faites-vous ici ?

Son gourdin dessina des moulinets.

Mais au lieu de reculer, Holmes se porta au-devant de lui.

– j'ai aussi une question à vous poser, Sir Robert ! dit-il sa voix la plus assurée. Qui est-ce ? Et que fait-elle ici ?

Il se retourna et leva complètement le couvercle du cercueil qui était derrière lui. À la lueur de la lanterne, j'aperçus un cadavre enveloppé dans un drap de la tête aux pieds. Un affreux visage de sorcière, tout en nez et en menton, apparut à une extrémité avec des yeux ternis et vitreux.

Le baronet avait reculé en titubant ; il poussa un cri et s'appuya contre un sarcophage de pierre.

_- Comment avez-vous pu être au courant ?... cria-t-il.

Et puis, sa truculence reprit le dessus.

– ... Est-ce votre affaire ?

– Je m'appelle Sherlock Holmes, déclara mon compagnon. C'est un nom que vous connaissez peut-être. En tout cas mon affaire, comme celle de tout bon citoyen, est de faire observer la loi. Il me semble que vous avez grandement à répondre devant elle.

Sir Robert lança un regard furieux à Holmes, mais celui-ci avait parlé d'une voix calme, et son assurance fit son effet.

– Devant Dieu, monsieur Holmes, je n'ai rien fait ! dit-il. Les apparences sont contre moi, je l'admets, mais je ne pouvais pas agir autrement.

– Je serais heureux de partager votre opinion, mais je crains que vos explications ne puissent s'adresser qu'à la police.

Sir Robert haussa ses larges épaules.

– Hé bien ! s'il le faut, ce sera à la police ! Venez néanmoins chez moi : vous jugerez de l'affaire par vous-même.

Un quart d'heure plus tard, nous nous trouvâmes réunis dans la salle d'armes du vieux château. Elle était confortablement meublée ; Sir Robert nous y laissa quelques instants. Quand il revint, il était accompagné de deux personnes : l'une était la florissante jeune femme que nous avions vue dans la calèche ; l'autre, un petit homme à face de rat qui avait des manières désagréablement furtives Tous deux avaient l'air très étonnés : visiblement, le baronet n'avait pas eu le temps de leur expliquer la nouvelle tournure des événements.

– Voici, nous désigna Sir Robert, M. et Mme Norlett. Mme Norlett, sous son nom de jeune fille Evans, a été pendant quelques années la femme de chambre de confiance de ma sœur. Je les ai fait venir ici parce que je comprends que ma seule chance est de vous expliquer la vérité, et parce que ce sont les deux seules personnes au monde qui peuvent confirmer ce que je vais vous dire.

– Est-ce nécessaire, Sir Robert ? Avez-vous pensé à ce que vous faisiez ? s'écria la femme.

– Quant à moi, je dénie toute responsabilité ! fit son mari.

Sir Robert lui lança un regard de mépris.

– Je revendique toute la responsabilité ! dit-il. Maintenant, monsieur Holmes, écoutez ma déclaration ; elle sera d'une franchise totale.

» Vous êtes déjà assez bien au courant de mes affaires ; sinon je ne vous aurais pas trouvé là où je vous ai rencontré. Vous savez donc déjà, selon toute vraisemblance, que j'ai engagé dans le Derby un cheval que personne ne connaît, et que je mise sur son succès. Si je gagne, tout va bien. Si je perds... Hé bien ! je n'ose pas y penser !

– Je comprends votre situation, dit Holmes.

– Je dépends complètement de ma sœur Beatrice. Mais elle n'a l'usufruit du domaine que pendant sa vie. En ce qui me concerne, je suis aux mains des juifs. J'ai déjà appris que le jour où ma sœur mourrait, mes créanciers se jetteraient sur mes biens comme une bande de vautours. Tout serait saisi ; mes écuries, mes chevaux, tout ! Hé bien ! monsieur Holmes, ma sœur est morte il y a juste huit jours.

– Et vous ne l'avez dit à personne !

– Que pouvais-je faire ? Ç'aurait été la ruine absolue. Par contre, si je celais ce décès pendant trois semaines, j'avais encore une chance de m'en tirer. Le mari de sa femme de chambre, cet homme, est acteur. Il nous vint à l'idée... Il me vint à l'idée qu'il pourrait se faire passer pour ma sœur pendant ce bref laps de temps. En somme, il ne s'agissait que de la montrer chaque jour dans sa voiture puisque personne n'avait besoin d'entrer dans sa chambre sauf sa femme de confiance. Ce n'était pas difficile à arranger. Ma sœur était morte de l'hydropisie qui la faisait souffrir depuis si longtemps.

– Ce sera au coroner de l'établir.

– Son médecin certifiera volontiers que depuis des mois ses symptômes annonçaient une fin imminente.

– Soit ! Qu'avez-vous fait ?

– Le corps ne pouvait pas rester là. La première nuit, Norlett et moi la transportâmes dans un vieux kiosque toujours fermé et où personne ne va. Mais nous fûmes suivis par son épagneul favori qui resta à japper devant la porte. Il fallait trouver un endroit plus sûr. Je me débarrassai du chien et nous portâmes le corps dans la crypte de la chapelle. Il ne se passa rien d'indigne ni d'irrespectueux, monsieur Holmes. Je n'ai pas le sentiment que j'ai fait injure à la morte.

– Votre conduite me semble inexcusable, Sir Robert.

Le baronet secoua la tête avec impatience.

– Il est facile de prêcher ! dit-il. Si vous vous étiez trouvé dans ma situation, vous jugeriez peut-être différemment. On ne peut pas voir tous ses espoirs et tous ses projets balayés au dernier moment sans essayer de se sauver quand même. Il m'a semblé à moi que ce ne serait pas un indigne lieu de repos si nous la déposions dans l'un des tombeaux des ancêtres de son mari, sur un sol encore consacré. Nous avons ouvert l'un de ces cercueils, retiré les ossements qu'il contenait, et nous y avons placé ma sœur, comme vous l'avez vu. Quant aux ossements que nous avions retirés, nous ne pouvions pas les laisser par terre dans la crypte. Norlett et moi, nous les avons ramenés au château, et la nuit il descendait les brûler dans la chaudière. Voilà mon histoire, monsieur Holmes, bien que je ne sache pas encore comment vous m'avez forcé la main pour vous la dire.

Holmes demeura quelque temps à méditer en silence.

– Dans votre récit, Sir Robert, il y a un point faible. Vos paris sur la course, et par conséquent vos espoirs pour l'avenir auraient été encore valables, même si vos créanciers avaient saisi vos biens ?

– Le cheval aurait été saisi lui aussi. Et que leur importaient mes paris ? Très vraisemblablement ils n'auraient pas fait courir Prince. Mon principal créancier est malheureusement mon pire ennemi, un bandit sans scrupule, Sam Brewer, que j'ai dû cravacher une fois à Newmarket Heath. Imaginez-vous qu'il m'aurait épargné ?

– Hé bien ! Sir Robert, dit Holmes en se levant, cette affaire doit être portée bien entendu à la connaissance de la police. Il était de mon devoir de l'éclaircir ; voilà qui est fait ; je ne vais pas au-delà. Pour ce qui est de la moralité ou de la décence de votre conduite personnelle, ce n'est pas à moi de porter un jugement. Il est près de minuit, Watson. Je crois que nous pouvons réintégrer notre modeste logis.

Tout le monde sait que ce singulier épisode se conclut sur une note plus heureuse que ne le méritaient les actes de Sir Robert. Prince remporta le Derby ; son propriétaire gagna net quatre-vingt mille livres avec ses paris ; les créanciers avaient attendu que la course fût courue ; ils furent alors désintéressés et il resta assez d'argent pour rétablir Sir Robert sur un pied digne de sa famille. La police et le tribunal considérèrent avec indulgence les faits incriminés. Après avoir reçu un blâme pour avoir tardé à déclarer le décès de sa sœur, l'heureux propriétaire sortit indemne de l'aventure, et tout donne à penser à présent qu'ayant survécu à de telles ombres, il terminera honorablement son existence.

Toutes les aventures de Sherlock Holmes

Liste des quatre romans et cinquante-six nouvelles qui constituent les aventures de Sherlock Holmes, publiées par Sir Arthur Conan Doyle entre 1887 et 1927.

Romans

* Une Étude en Rouge (novembre 1887)
* Le Signe des Quatre (février 1890)
* Le Chien des Baskerville (août 1901 à mai 1902)
* La Vallée de la Peur (sept 1914 à mai 1915)

Les Aventures de Sherlock Holmes

* Un Scandale en Bohême (juillet 1891)
* La Ligue des Rouquins (août 1891)
* Une Affaire d'Identité (septembre 1891)
* Le mystère de la vallée de Boscombe (octobre 1891)
* Les Cinq Pépins d'Orange (novembre 1891)
* L'Homme à la Lèvre Tordue (décembre 1891)
* L'Escarboucle Bleue (janvier 1892)
* Le Ruban Moucheté (février 1892)
* Le Pouce de l'Ingénieur (mars 1892)
* Un Aristocrate Célibataire (avril 1892)
* Le Diadème de Beryls (mai 1892)
* Les Hêtres Rouges (juin 1892)

Les Mémoires de Sherlock Holmes

* Flamme d'Argent (décembre 1892)
* La Boite en Carton (janvier 1893)
* La Figure Jaune (février 1893)
* L'Employé de l'Agent de Change (mars 1893)
* Le Gloria-Scott (avril 1893)
* Le Rituel des Musgrave (mai 1893)
* Les Propriétaires de Reigate (juin 1893)

* Le Tordu (juillet 1893)
* Le Pensionnaire en Traitement (août 1893)
* L'Interprète Grec (septembre 1893)
* Le Traité Naval (octobre / novembre 1893)
* Le Dernier Problème (décembre 1893)

Le Retour de Sherlock Holmes

* La Maison Vide (26 septembre 1903)
* L'Entrepreneur de Norwood (31 octobre 1903)
* Les Hommes Dansants (décembre 1903)
* La Cycliste Solitaire (26 décembre 1903)
* L'École du prieuré (30 janvier 1904)
* Peter le Noir (27 février 1904)
* Charles Auguste Milverton (26 mars 1904)
* Les Six Napoléons (30 avril 1904)
* Les Trois Étudiants (juin 1904)
* Le Pince-Nez en Or (juillet 1904)
* Un Trois-Quarts a été perdu (août 1904)
* Le Manoir de L'Abbaye (septembre 1904)
* La Deuxième Tâche (décembre 1904)

Son Dernier Coup d'Archet

* L'aventure de Wisteria Lodge (15 août 1908)
* Les Plans du Bruce-Partington (décembre 1908)
* Le Pied du Diable (décembre 1910)
* Le Cercle Rouge (mars/avril 1911)
* La Disparition de Lady Frances Carfax (décembre 1911)
* Le détective agonisant (22 novembre 1913)
* Son Dernier Coup d'Archet (septembre 1917)

Les Archives de Sherlock Holmes

* La Pierre de Mazarin (octobre 1921)
* Le Problème du Pont de Thor (février et mars 1922)
* L'Homme qui Grimpait (mars 1923)

* Le Vampire du Sussex (janvier 1924)
* Les Trois Garrideb (25 octobre 1924)
* L'Illustre Client (8 novembre 1924)
* Les Trois-Pignons (18 septembre 1926)
* Le Soldat Blanchi (16 octobre 1926)
* La Crinière du Lion (27 novembre 1926)
* Le Marchand de Couleurs Retiré des Affaires (18 décembre. 1926)
* La Pensionnaire Voilée (22 janvier 1927)
* L'Aventure de Shoscombe Old Place (5 mars 1927)